이여진 시인이 전하는 꽃같은 인생 이야기!

너도
꽃이었구나

이여진 제4시집

도서
출판 시인

Photo by 장호수

시인의 말

세 번째 시집 『저 눈물江 건너』를 2011년에 발표하고
횟수로 6년 만에 네 번째 시집 『너도 꽃이었구나』를
출판을 하게 되니 참 감회롭습니다.

세월이 그만큼 지났으니 갈고 닦아 훌륭한 작품을
보여 드려야 할 텐데, 한결같이 서툰 작품을
세상에 내놓으려니 마음이 영 착잡하고 부끄럽습니다.
세월에 쌓인 연륜만큼 가슴에 恨만 쌓이고
그 쌓인 恨 서툴게 표출하는 참 어설픈 시인.
혼돈의 세월 동안 갈팡질팡 헤매던 나그넷길에
속으로 삭인 恨 덩어리 풀어내는 참 힘든 결단으로
네 번째 시집을 출판하게 되었습니다.

망설이는 틈에도 물심양면으로 격려와 용기를 주신 많은 분께
지면을 통해서나마 진심으로 머리 숙여 감사드립니다.

또한, 서툰 작품을 깊이 있게 평해주신 신규호 시인님과 세심한
편집으로 서툰 시편들을 돋보이게 해주신 도서출판〈시인〉의 발
행이신 장호수 님과 디자이너 김은숙 님께도 감사드립니다.

2017년 3월에 海松 이여진

차례

시인의 말

1부 너도 꽃이었구나

2부 갈림길

3부   홀로 견디기

9

1부_ 너도 꽃이었구나

네게도
아름다운 꽃으로 피워내는
옹아림의 산고가 있었고
암술과 수술의
감미로운 사랑을
갈망하던
고뇌의 날이 있었구나!

'너도 꽃이었구나' 중에서

꿈속의 사랑

흔적만 남으면 어찌 할까
세월 가는 소란한 거리
쏟아지는 눈송이처럼
반짝이는 꽃불 켜지고
너 없는 거리를 혼자 거닐면
바람으로 다가와 나를 스치고
빈 모습 안아보는 허무한 마음

흔적만 남으면 어찌 할까
눈처럼 날리는 피멍 든 낙엽에
초점 흐린 눈으로 너를 빗보고
돌아서는 발길에
막아서는 너
슬며시 팔짱끼어 안아보는
그리움

흔적만 남으면 어찌할까
가버린 세월에 새긴 그리움
파편처럼 흩어져 눈보라 되어

빈 가슴 채우는 한 잔의 술
너 없는 거리를 헤매이다가
쓰러져 잠들어도 행복하겠지
꿈속의 사랑.

참 슬픈 일이다

누군가에게서
잊혀진다는 것은
슬픈 일이다

너도 나도 아닌
세월에
잊혀진다는 것은
슬픈 일이다.

모두를 잃어가며
아무 일도 아닌 것마냥
오늘을 살아간다는 것은
참 슬픈 일이다.

인연

등나무 얽히듯 묶이어
죄인처럼 끌려온 삶 속에서
이제 벗어나고 싶다.

영양분 뺏기어
피골이 상접된 몰골로도
희죽이 한번 웃어보고 싶다.

얽혀진 인연의 뿌리들
잘라내어
삭막한 세상에 흘려두고
홀가분하게 나서고 싶다.

부질없었던 것을
소중하게 얽혀 살아왔으니
이제는 훌훌 털어
인연 없는 세상에서
혼자만 살고 싶다.

그대여

눈 덮인 호수로 나가 보아요
삭풍은 휘몰아쳐
황량하여도
우리 사랑 따스한 온기로
결빙을 풀고
얼음장 밑 봄 소리를 들어 보아요

오 그대여
내 품에 안겨요
얼은 몸
입김으로 녹이고
분홍빛 볼에
뜨거운 키스를 해요

우리 사랑으로 호수를 녹이고
배를 띄어요
훈풍을 만들고
봄꽃 피울 준비를 해요

그대 사랑 내 사랑 모아
아름다운 꽃 한 송이 피워요
봄 향 감미로운 예쁜 꽃을 피워요

저 동토의 강을 지나
그대와 나의 영원한 안식처
유토피아로.

만년필

제비꼬리 산뜻한 만년필
끝없이 이어져 나오는
실타래처럼
짧은 생 긴 사연
이어줄 만년필

다정함으로 손가락 파고들어
일심동체로
마지막 그날까지
함께할 만년필
가슴에 맺힌 한
서리서리 맺힌 한
끌어내라고

그래
하고픈 이야기
살아온 세월만큼 쌓인 이야기
줄줄이 엮어서
남겨질 사연들

후련하게 써 내려가자
만년필.

숙명이라 하지요

숙명이라 하지요
우리의 힘으론 어쩔 수 없는

꽃이 피고 싶어서 피는지
빨갛게 멍든 상처를 안고
낙엽 되어 날리고 싶어서 날리는지

이제는 나도 모르겠소
낡은 영육의 자신 없는 몸부림이지만
그냥 두겠소
그것이 사랑이라는 이름으로
당신속으로 파고드는 인내의
그 정점까지 그냥 두겠소

행여 사랑이라는 이름으로 결실을
맺게 되면 그것은 숙명이었음을
말해 두고 싶을 뿐이오.

수평선 어디쯤에

신진도 갯바위에 부서지는 푸른 파도
잃어버린 세월 찾아 낚시하는 저 나그네
숱한 세월 어디 두고 부질없이 낚고 있나

숭어 떼 솟구치며 네 모습 비웃는데
낚시는 접어두고 바라보나 수평선
네 갈 길이 어디인가 젖어버린 눈동자

한恨

가신님 기다리는 한 여인의 한 덩어리
녹아 쌓인 촛농 자국 너의 설움 깊다마는
한 천년 부서지는 파도
그 아픔에 비할까.

봉천 연가

황량한 겨울바람
온 몸을 움츠리며
가파른 언덕길을 오르는 것은
언 마음 녹여줄 내 아픈
사랑의 보금자리가
있기 때문이다.

빛바랜 살림에 곰삭아
아린 아픔이 켜켜이 쌓인
우중충한 형광등 아래
그래도 한줄기 사랑의 온기가
커피포트의 끓는 물처럼
넘쳐 나는 곳

그래서 늘 아프다
젊음의 흉내만 되풀이하면서도
녹 쓸은 현관문을 나서며
안녕 가녀린 인사말도 닫아 버린 채
봉천동 언덕길을 내려오는

날이면 늘 아프다.

너 가고
나도 가면
황량한 겨울바람
언덕을 가르며 혼자 울 텐데….

책장을 정리하며

여러 해 쌓인 먼지 털어내듯
책꽂이에서
분신들을 내려놓는다.

좁은 집에
새살림 거추장스러움에
삶의 흔적들이
쫓김을 받으며
구석방 방바닥에 쌓이고 있다.

넓은 응접실
전원주택 마당
벤치에서 손때 묶은 책들을
다시 펴 볼 날 있을까

삶이 꿈이었던 만큼
꿈으로 끝나고
가난한 흔적들
구석방에 묻어 둔 채 그리

떠나야 할 세상

불편하겠지만 내 죽으면
무덤 속에 손때 묻은 삶의
흔적들 몇
넣어 주시게.

겨울 바다에

겨울 바다에 가 보아야겠다
황량한 바람 끝
파도의 주름으로 부딪치는
한 서림을 들어야겠다

길 잃은 밤 물새
울지도 못하고 해송 숲 둥지 숨어
팔딱거리는 숨결 모아
떨고 있는 이유가 무엇인지

눈 내리는 겨울 바다
빈 소라껍질 되어
파도의 조롱을 이겨내는
인내도 배워야겠기에

겨울 바다에 가 보아야겠다
쌓인 연륜에 가슴속 깊이깊이
묻어둔 한 덩이 뱉지 못한 채
중환자 되어

걸어가는 슬픈 노정이
천 년을 부서지는 파도의
아픔보다 더하는지…

노 프로필no fropill

프로필을 써내라는데
너무 짧다.

지금껏 살아온 날들이
활자화조차 될 수 없는
보잘것없는 것이었나

나름대로 살아온 삶의 조각들
하나같이 최선을 다한
부끄러움 없는 삶이라 자부하는데도
척척 써 내려갈 수 없는
초라한 프로필

생년월일
이름뿐.

가을은

풍성한 결실 뒤에 숨은
공허의 숨결을 보지 못하는
눈 먼 그리움이다

가을은 맞이하고 보내는
인간을 조롱하고
비웃으며
그리움의 병을
허무의 나락으로 추락시키며
모르는 듯
결실의 풍요를 누린다.

풍성한 결실 뒤에 숨은
공허의 숨결을 보지 못하는
눈 먼 그리움
가을은.

사랑이 있기 때문

앙상한 가지 위로
삭풍이 휘몰아쳐 가는 겨울밤
그래도 마음이 포근한 것은
모닥불 같은 당신의 사랑이
불타고 있기 때문이다.

앙상한 가지 끝에
위태로운 눈꽃의 흩날림도
당신의 사랑으로 녹여주고
밤새 열병을 앓는 것처럼
온 몸이 흥건한 땀으로 젖으며
아! 당신이 있음으로
행복한 것을

엄동설한의 삭막한 겨울밤도
당신의 사랑이 있기에
포근한 것이다.

너도 꽃이었구나

나비도 지나치는 꽃잎에
선 뜻 다가서지 못하고
스치는 바람이 되어
잠시 머물다
네 향을 음미하는
꿈길에서 조차
꽃이기를 거부했던 몸짓

네게도
아름다운 꽃으로 피워내는
옹아림의 산고가 있었고
암술과 수술의
감미로운 사랑을
갈망하던
고뇌의 날이 있었구나

아! 몰랐다
작은 꽃으로 피어

사랑의 몸살을 앓다
그렇게 지고 마는
너도 꽃이었구나.

초롱꽃

초롱꽃 등 앞세우고
님 마중 가자
봄꽃 떠난 빈 가슴에
그리움 하나
행여 오실 님을 위해
꽃 초롱 불 밝히 우고
앞장서라 앞장서라
님 마중 가자
초롱꽃 등 앞세우고
님 마중 가자.

바람이었소

감미로운 훈풍에
배 꽃잎 날리던

혹한의 추위 속에
꽁꽁 얼어붙어
떨던 그날도

모두 사라져 버린
허탈 속에
등신불처럼 말없이
웃으며
바람이었소.

능소화

잇어버립시다
하늘이 달과 별을 감춘 밤
혼자서 견뎌내는
슬픔보다 더 할까요

구중궁궐 높은 담
음지의 그늘아래
기다림 한이 되어
넋으로 피어난 꽃
능소화라

천 년의 한을 새긴
억겁의 윤회 속에
세속에 맺은 인연
끌려가는 아픔으로
쓰러져 잠이 든다.

잇어버립시다.
억만년 세월 속에

하룻밤 안았으면
당신 마음 깊은 곳에
이내 사랑 심을 것을

부질없단 생각으로
뒤돌아서 바라보니
나도 없고 너도 없고
세월뿐이네.

봉선화

장독대에 쏟아지던
소나기에
움츠린 모습을 볼 수 없었다.

그친 비 하늘이 푸르고
흰 구름 흐르던 여름날
수줍어 떨고 있던 모습
다시 붉은 꽃잎 정염에
타오르던 빨간 볼
잊을 수 없었다.

이제는 바람 찬 들녘에
코스모스 무리 지어 흔들리고
세월이라 하기엔 너무
모진 아픔

먼먼 기억 속으로 사라지던 날
우리 얼싸안고
울어 버릴까
실컷 살라 버릴까.

설국

설국으로 오세요
온통 세상은 하얗고
탐욕도 없는
하얀 세상 설국
작은 꽃 촛불 밝히고
우리 사랑의 꽃을 피워요

술수와 비겁이 없는
점 하나의 죄도 지을 수 없는
순수의 설국 속에서
세상의 악몽을 순화시켜 버리고
아름다운 사랑의 꽃을 피워
우리들 결실을 거두어요.

같이 보아요

사랑의 눈길 한데 모아
같은 곳을 보아요

마음은 따로 인 듯
다른 곳을 헤맨다 하여도
눈길은 한 곳만 보아요

동행이란 이름으로
한 생을 살아오며
몸은 한데 묶이었는데
다른 곳을 보는 것은 아닐까요

이제는 돌이킬 수 없는
시작을 이렇게 마무리하고
영혼의 방랑자가 되어
떠돌 수만은 없잖아요

남쪽의 훈풍으로
꽃을 피우고

우리 사랑 마무리 지을
유토피아를 향하여
같은 곳만 바라보아요.

해변의 밤바람 소리

해송 숲을 지나는 밤바람
소리를 들었는가
짙은 해무를 뚫고
서둘러 스치는 밤바람

아직 둥지를 찾지 못해
끼~륵 울고 가는 밤 물새
울음까지 더하면
어느 새 벌떡 일어서
밤바다를 본다.

끝도 없이 주름져
해변으로 밀려드는 저 아우성
어찌 편한 마음으로
잠들 수 있겠는가

긴 인생의 방랑 속에서
깊은 통곡이라도 해 버리고
나면 이 처절한 마음

연륜과 함께 쌓인 한 속에서
작은 위안이라도 되지 않을까

가슴 무너져 내리는
해변의 밤바람
자칫 허무의 자충수로
스스로를 파멸에 이르고 말겠지.

십리포에서

푸른 수평선 어디쯤
그리움 시작됐는가
파도의 주름 모아
쉬임없이 부서지며 나를 부르고

연륜 깊은 소사나무
너마저 지친 그리움에
휘어 자란 아픔으로
일그러진 표피
참 마음의 응어리짐을
대신해 주는구나

돌아서는 발걸음에
무심한 파도의 외침
가지 마, 가지 마
그리움 재워두고 가
십리포.

들국화

이제는 모두 져버린 들녘의
비탈진 틈바구니에
모질게 뿌리박아 피워낸
노란 들국화

늦가을 찬바람 휘몰아쳐 가도
흔들리며
피워 낸
고고한 향기
마음속까지 꿰뚫다 못해
허망함을 준다.

차마 발길 돌리지 못하고
다시 돌아보는
모습이 이렇게 슬픈 것은
그날 그곳에
서럽게 피워낸
그리움의 꽃이기에
더 가슴 아프다.

폭우暴雨

세상은 그렇게
쌓인 울분을 토한다

여린 들꽃에도
혼자서만 흐르던 강물에도
진하게 농축되어
이제는 터뜨려 버려야할
숙명인 듯
휘저어 버린다

이미 그럴 줄 알았다
순리를 거역하고
아집과 이기심 만으로
충만한 세상에
무슨 기대로 속 편한 여유를
가슴에 내리겠는가

들꽃은 빗줄기에 멍이 들고
상처투성이의

만신창으로
날리어
흐르는 흙탕물에
몸을 싣는다
그 끝이 어디인 줄 모르는.

코스모스 꽃길

연분홍 엷은 꽃잎에
그리움 심어
애원하는 애달픈 몸짓은
언제부터였을까

유년의 어떤 날
슬프도록 기인 철길 옆에
덥석 안아주던 간지러움에
무심코 꺾어버린 꽃잎들
내닫는 기차에 흩날릴 때
깔깔깔 웃어버린 순간이
기인 여운으로 남아
가슴앓이 병이 되었다.

코스모스 필 무렵
마음은 설레며도
두려움이 앞서는 것은
유년으로 돌아가고픈
간절한 소망 하나

어쩔 수 없이 애달픈 손짓을
보아야 하기 때문이다.

봄이 오면

봄이 오면
삭막한 마음 밭에
들꽃 한 송이 피우고 싶다.

엄동의 폐허 속에
영육이 말라버린
서러운 절망 속에도

들꽃 한 송이
피워 내는
여린 새싹 하나

남쪽의 훈풍으로 싹을 틔우고
쌓인 설움의
눈물로 피워내어
이제는 커튼을 걷고
밝은 빛을 안아
나서고 싶다.

영원히 꽃 지지 않을
그곳으로
내 영혼을 띄어
들꽃 한 송이 피우고 싶다.

봄 마중하는 여인

봄을 맞는 해풍은
비릿한 갯내음으로도
온통 붐비는 바다

들물 따라 파도는
채우려는 사명감으로
갯바위에 부서지고
반기는 해조들 날갯짓 부산하다.

해풍에 흩어져
날리는 머리칼에도
세월 흐름이 안타까워도
기다리다 급한 마음
포구의 선착장에 발돋움한다.

앳된 사춘기 소녀가 되어
콩당거리는 가슴 저며 수줍은
마음에 다시 봄을 맞으려
우선 급하다.
봄 마중하는 여인.

밀물처럼

바다에 들물*이 시작되면
모두가 부산해지기 시작한다.
바람이 먼저 알고 파도를 일으키며
개선장군마냥 밀려오고
성급한 해조들의 날갯짓은
더욱 바쁘게 파닥거리며
바닷고기들의 작은 심장을 놀라게 한다.

만선의 기쁨에 깃 폭을 높이 달고 어항으로의 귀항
들뜬 어부의 눈에 선착장 아내의 모습이
점점 선명하게 드러날 때부터는
어부의 팔뚝에 힘이 솟고 검붉은 팔뚝으로
닻 내릴 준비를 한다.

들물이 시작되는 작은 포구는
그렇게 설레임과 생동감으로 모두가 부산하다.

내 삶이 그랬을까
늦둥이 막내로 태어난 나의 주변엔

많은 형제들의 소란스러움과
앙증맞은 모습 인형 같은 재롱에
즐거운 함성 함성으로 소란했다.

천진한 웃음의 재롱 속에
8·15해방, 6·25 전란
형제들과의 이념투쟁이 주마등처럼 뒤엉키며
세월은 그렇게 바다의
들물처럼 썰물처럼
설렘과 소란함으로 뒤범벅이 되고
들물 따라 흘러 흘러
오늘을 살고 있다.

그들은 다 어디로 갔는가
바닷물이 다 빠져나간
갯벌 위의 황혼 핏빛으로 불타고 있다.

탄생과 함께했던 사람들
질곡의 삶 속에 함께 했던 그들은
다 어디로 갔다는 말인가.

조용하다.
물이 빠져나간 갯벌 위로
살벌한 겨울바람이
간장을 태우는 불협화음이 되어
내 마음을 짓누를 때 쯤
어촌의 불빛들이 하나둘 꺼져간다.

다시 나 태어나기 전으로
돌아가는 망상 속으로 빠져들며.

*들물 - '밀물1'의 방언(서해안, 제주, 평북).(방언)

거세

나는 거세 당했다
삶 전부를 모아
소중하게 지켜온
정액이 고갈시켜 버렸다.

자연을 거스름은
하늘의 노함을 받아
천벌을 받을 텐데

의사는
강제로 약을 먹이고
삶의 본질조차 앗아버렸다.

천진난만하던 시절
암컷을 알지 못해도
마냥 행복하였던

피는 꽃과
흐르는 구름

스치는 바람결에도
방긋 미소 짓던
어린 시절
그날로 내밀고 있다.

아직은 출렁이는 욕망
가슴에는 넘치는 열정
불꽃처럼 활활 타오름을
거세당했다.

육체의 고통을 벗어나기 위해
협조하고 있다.
의사에게

바람이 분다

숱한 세월 오고가고
내 곁을 맴돌며 함께한 바람들!
휘이~~쌩쌩!

어느 핸가
온금동 산동네 초가지붕을
하늘 높이 높이 휘저어 버리던 고향 바람

가자고 고향 산 옛 산에 가보자고
온몸을 흔들어대는 유년의 바람!

원고지 값이 아깝다고
늘 걱정이시던 우리 엄마
서러운 막내 바람까지

온통 휘몰아치며 마음 구석구석
산란하게 흔들어 버리는
바람 바람 바람들

많은 세월 함께 해온 바람들이
지금 내 마음 깊은 곳의 애환들까지
속속들이 휘저어
산란하게 하는 세월 같은 바람
바람 같은 세월.

고백해 버리자

다시는 돌이킬 수 없는
시간이라지만
억겁의 세월 오고가도
우리는 멈추어 있다.

풋사랑의 추억이어도 좋고
황혼 녘 쓸쓸한 나그네이어도 좋다.
여름꽃 피어나는 언덕에서
부는 휘파람
빨간 장미의 아름다움을 알고
잠깐 웃는 모습에
오금이 저리어 주저앉는다

이제 우리 고백해 버리자
사랑한다고
으스러지도록 껴안아 보자
사랑이란 잠간 스치는 바람이 아니던가
어제도 오늘도 하물며 내일도
정지된 순간은 그대로인데…

사랑이란 이름으로 박제가 되어
세월 속으로 사라지는 자들에
기립 박수를 보내자
바람 같은 세월을 정지시키는
산자들의 특권이다.

Photo by 장호수

2부_ 갈림길

생사고락이
순간이었다면
남겨진 시간 또한
찰나인 것을
다시 미련 모아 무엇을 꿈꾸리오!!

'갈림길' 중에서

여읜 얼굴

아내의 여읜 얼굴
잠든 모습이
서럽다.

아내 세월
내 세월

부부라 하여도
함께하지 못하고
따로따로인 듯한 세월

무엇이 그렇게
힘들게 했을까

아내의 잠든
모습이
서럽다.

미안하다

참 미안하다.
풍진 세상을 혼자 안으며
가슴 터지게 밀려오는
외로움 속에
홀로 두어 미안하다.

세상 영화 잠깐인 것을
찰나도 주지 못하고
삶이 바빠
그리 바빠
팽개치고 앞으로만 내달았다.

자꾸만 멀어지는
너와 나 사이
뒤 돌아 보아 챙겨 주지 못하고
세월 속에
묻히어 가니
미안하다 참 미안하다.

다음 생에도
우리사이로 만날 수 있다면
내 생까지
모두 주고 싶다
더 살 수 있게.

나 치매 걸리거든

아들아
나 치매 걸리거든
나를 세상에 내놓아
참 즐거운 인생 누리게 해 주신
어머님 무덤 찾아
흐린 동공의 초점을 맞추며
영혼이 떠도실 어느 산촌의
계곡 속을 헤매고 있다 생각해 주렴

아들아
나 치매 걸리거든
유년의 거리에서
좋은 친구들과 밤을 새워
술래잡기 하면서
희죽 희죽 웃는다
생각해 주렴

행여 힘들다고 생각되거든
어느 한적한 요양원에

내 임종을 맡겨주고
못난 아비 생각나거든
가끔은 찾아와 주렴

겨울을 맞는 황량한 바람결에
임종 소식을 듣거든
질곡의 세월 속에
바보처럼 살다간 아비의 가는 길에
가끔은 행복했을 지난 날을
생각하며
잠깐의 묵념을 드려도 좋겠지
아들아.

그날 그 바람

바람결이 부드럽다
그날 그 바람

더 꼬옥 잡아
맴도는 것은
옛 바람인가

어머님 보내드리던
늦겨울 매몰차던
목난개 잔등 샛바람

복성나무골 할아버지
선산 아래
소박맞아 돌아와
감히 묻히운
얼굴도 모르는
누님의 서러운 바람

이렇게 포근하고

감미롭기까지 할까

오늘따라 유난히 다정한 바람
분명 옛 바람인데
반갑기는 더
서러운 바람
가슴만 뭉클하다.

섣달그믐

섣달그믐 밤
세월이 흘러도 그날 그 자린데
이렇게 가슴이 허전한 것은
무엇 때문일까

손에 잡힐 듯
선명한 날들의 기억
옛사람들 꽉 찬 집안에
세월의 바람 소리만
그날의 흔적만 채워주는
참 허무한 섣달그믐 밤

세월 강 건너에 웃음소리
바람 속에 묻혀간 사람들
어디에서 나를 기다릴까

나도 가야겠네
그 사람들 찾아 가야겠네
섣달그믐 밤.

다시 새날을 맞으며

맹세도 새롭다
감회도 새롭다

되풀이되는 노정에
아직도 익숙하지 못한
차라리 바보다

아무것도 생각 할 수 없는
기억 상실증에 걸린
장애로 살아온 시간들이
한꺼번에 떠올라

회오리바람이 되어
온 몸을 휘젓고 간다.

세련된 세월에
알고도 모른 척
속아주며 살아온 세월
다시 또 얼마를 속아야

내 생 끝날까

뒤를 보아도
앞을 보아도
끝이 없다
다시 새해를 맞으며…

고향 산 유달산

유년의 서러운 꽃 피우며
목청껏 부르던 노래
잔돌 바위틈에 이끼가 되어
모르는 듯 숨어버린 기슭엔
아직 숨 가쁜
그날의 이야기가 숨어 있다.

한 번만
꼭 한 번만 갈 수 있다면
가슴 터지는 사랑의 밀어
못다한 그 밤

만남과
이별 또한
알고 있을 그날의 산 돌길
멋대로 흩어져 버린 체
흐르는 바람에게까지도 잊히우고

이제는 꺼이꺼이 통곡도 없는

돌 부딪치는 소리

바람은 모르는 듯 스쳐 가고
아직 유년의 꿈 영글지 못해
목마저 쉬어버린 떨리는 음률이
빈 하늘을 가르고 있다.

그날 산동네
절간 뒤에 웃자란 골단초가 서럽고
변함없는 눈빛으로 바라보는 고향 길손

자책의 가슴속에
허욕만 키워버린 지난 세월
걷기도 버거운 나약한 육신은
유년의 그날처럼 펄펄 날은다
고향 산 유달산.

혼자만 천국에 가면

한 방울의 물로 태어나
많은 세월
참 많은 인연
다 접어두고
혼자만 천국에 가면

영혼 죽지 않아
영생으로 희락의 꽃동산
행복할까

한 줌 재로 사라져감이
세월에 점을 찍고
머언 전설로 남아
기억해 주지 못하고
잊혀 버린다 해도

지금 너와 나 우리가
함께할 수 있는

마음의 벽을
허물 수 없다면
영생도 천국도 부질없는 것을

한 방울의 물로 태어나
한 줌 재로 사라져가는
현실에 만족하고
고개 끄덕이며
오늘로 끝나고 싶다.

그날 후산리에는 1

그날 후산리에는
바람도 멎어 버린 듯
골목길은 텅 비었고
혼백으로 돌아온
꽃다운 옛날
새댁의 분홍치마
늙은 어미가 되어
통한의 노래를
부르고 있었다.

산기슭엔
님의 모습 어른거리고
양지쪽에
외로이 핀 민들레 한그루
흰 꽃씨를 뿌리며
어머님의 혼백
그 무명치마 꼬리를
붙들고

그날로 가자고
서럽게 떨고 있었다.
혼백으로 돌아온 어머님을 맞는
그날 후산리에는.

그날 후산리에는 2

이제 제각*은
50년 세월의 무게에
쪼그라진 채
앙상히 뼈대만 남고
탱자나무 고목 되어
가쁜 숨을 몰아쉬고

잡초길 트인 산길 따라
가파르게 오르면
아무것도 기억나지 않는
누이가 반긴다.

호적에 한 줄 흔적을 남기고
이젠 먼먼 날의 전설로 남아
바람이 되어 내 뺨을 식힌다

조상의 이력이
숭어리 숭어리 모여 쌓아진
봉분의 수만큼이나

의문투성이의 옛날이
더 의문스러워진 후산리 앞산

먼 발치로
아직 동네 주막을 응시하시는
아버님의 인자한 얼굴
저는 아버님의 짧은 생애보다
더 많은 세월을 살아왔어요

그래도 지친 몸과 마음에
후산리를 휘도는 바람은
나에게 슬픈 위안을 줍니다.

*제각-무덤 근처에 제사를 지내려고 지은 집

제각*

오랜 세월 스치는 비바람
기와 끝을 맴도는 바람마저
엄숙하던 제각은
끝내 세월 앞에 무너져 내려
시신인 양 처량하다.

가끔은 낯익은 바람마저
옛날 기세 등등하던
위엄 어디 가고 풀썩
먼지를 날리며 초라하다.

뒷산으로 영락의 새마을엔
밤마다 두런거리는 소리

그래 너도나도
한 획을 그리다만
슬픈 영혼의 수런거림일까

삶의 시작과 끝마저

엉클어져 버린
영원의 삶속에서
후손들의 무릎을 꿇리시라.

*제각-무덤 근처에 제사를 지내려고 지은 집

밤 눈 내리는 날

눈이 온다. 펑펑 내린다.
숨죽여 삭이는 내 마음처럼
소리 없이 내린다.

남몰래 숨어오는
님 닮은 순백의 자태

온 천지가 하얗게 변해간다
님 생각으로 꽉 찬 마음
사랑에 눈먼 바보가 돼버렸다.

펑펑 쏟아지는 밤눈을 보며
보고 지고 보고지고
밤 눈 내리는 날.

두물머리*

혹한의 한겨울 속에서도
봄꽃을 피우려는 옹골진 희망으로
꽃잎이 설레이던 봄을 준비 하던 날

두물머리 강변을 거닐며
운명처럼 함께한 사람들
수천 년 변함없이 흐르는 강물
남한강 북한강물 한데 합류하여
사랑을 맺어주고
부평초처럼 흘러가는 나그네라

강물에 내려서지 못한
돛단배는 강바람에 돛폭을 펄럭이며
나그네를 모으고 있다.

남한강 북한강물이 한데 모여
합류되어 흐르는 듯해도
마음속 강물은 서로 다르다

남한강 물은 남쪽 강기슭을 맴돌아 흐르고
북한강 물은 북쪽 강기슭을 맴돌아 흐른다
한 강물인 척 함께 흘러도
그들은 모르는 척
서로 다른 생각을 한다
두물머리.

*두물머리-두 갈래 이상의 물줄기가 한데 모이는 지점

미로

낙엽을 준비하는
냉정한 바람 끝

쓸쓸한 가을밤에는
마음의 문을 열고
유년을 꿈꾸어 보자

다시는 돌이킬 수 없는
행복했던 날들이

가을바람 허무로 남아
가슴 무너져 내릴 줄
알았던가

아름답던 유년의 추억
이제는 한으로 남아
빨간 멍 상처 되어

정처 없이 헤매는 낙엽

어디로 갈까
가을밤.

고독한 여행

비 오고 바람 부는 날
비행기에 몸을 싣고
보헤미안처럼
가방 하나 끌고
내 곁을 떠났다.

함께 살아온 세월보다
더 먼 길의 낯선 나라
터키 이스탄불.

나로부터 멀어지고 싶어
비행기로 12시간.
함께한 날들이 그리도 지겨웠든가

지구 반대편 그곳까지
그곳에 그리 좋은 보물이라도 있을까
미운 정 고운 정으로
얽혀진 우리 삶
무엇이 그리도 지겨웠을까.
고독한 여행.

과꽃 한그루

화단 구석진 곳에
과꽃 한그루 피었다

누구도 씨 뿌리지 않았는데
어디서 왔을까

몰래 남몰래 풀숲에 숨었다
활짝 피어난 분홍 꽃 한 송이

여린 가을빛에
수줍은 듯 고개를 내밀어
반긴다

언제부터 우리 알았을까
맘 깊은 곳에 숨겨놓은
내 사랑을 들켜 버린 듯
과꽃도 웃고
내 얼굴도 붉어진다.

산소 가는 길

어머님
눈이 내립니다
펑펑 내립니다

산길 막혀
못 뵈올까 걱정입니다

눈雪은 눈물 되어
시야를 흐리게 하고

아련한 그리움 속에
아직도 선명한 당신의 모습

펑펑 내리는 옛 눈雪속에
당신 미소 싱그러운데

산길 막혀
못 뵈올까 걱정입니다.

짐을 싸시는구려

은하수 흩뿌려진 여름밤 하늘처럼이나
삶의 편린*들이 빛나는 것 같다가도
다시 흐릿한 어둠 속으로 사라지고 마는구려

젖어버린 동공은 눈물방울인 듯도 한데
왜 우는 가고
왜 우느냐고
허허 웃어 자위를 해보시고
어디서부터인가는 잘못된 듯한
삶 그 허식투성이의 생존 속에서
그래 무엇을 챙길 것이 있다고
짐을 싸시는구려

결국은 아무것도 아니었잖소
아침이슬 방울처럼 투명하지도 못한
쌀뜨물 한 방울이 이리 거창한 삶으로
은하수 흩뿌리듯이
온통 내질러 살아옴에
뭐 챙겨 갈 것이 있다고 챙기시오

부질없는 것이 아니겠소
이제 혼자 남은
이 시점에서
몸이라도 가볍게
맘이라도 가볍게
살아온 조각들은 다 뿌려 버리시지요!
은하수 별 하나 되어
천년을 사시던 만년을 사시던
어차피 내 것은 아닌데
짐 쌀 거 뭐 있겠소

벌거벗어 홀가분한 여행길에
한 줌 먼지로 사라지다가
가을비에 뭉쳐져서 냇 되어 흘로 가다
다시 희뿌연 한 방울의 물방울로 새 삶을
잉태하여 보시구려.

*편린- 원래 한 조각의 비늘이라는 뜻으로, 사물의 극히 작은 한 부분을
　　　이르는 말

계사년

2013년 새해가 밝아옵니다.
핏빛 진통을 끝내고
새 태양을 솟아내기 위해
어제 석양은 그렇게 불 탔나 봅니다.

축복인 듯 눈이 내립니다
거년의 온갖 추한 일들
다 덮어버리고
아무 일도 없었던 듯
대지는 하얗게 채색됩니다.

새 태양이 떠오르면
순결한 듯 떠오르면
백설 같은 청아한 마음에
어지러운 발자국
흐트러져 버릴 눈길에서
태양을 맞는 마음들만
기원을 하는 마음들로
엄숙하여질
새해, 첫날.

다발성낭종

다발성낭종이라네요
내 몸속 깊은 곳에
숨어 숨어
삶에 맺힌 한 덩이 모아
간에도, 장에도
포도송이처럼 맺혀
나와 함께 살아가며
아픔 또한 함께하며
한 알 한 알 모아 숨어

그날
언젠가 그날
한꺼번에 터뜨려
나를 넘어 뜨려 버릴
다발성낭종이라 하네요

먹을 때 함께 먹고
잘 때 함께 자며
나와 함께 성숙하며
그 맺힌 한

견딜 수 없을 때
한꺼번에 터뜨려
나를 쓰러뜨려 버릴
다발성냥종

혼자만 몰래
잠든 너를 보며
회심의 미소를 짓는다
미련 없이 그날을 기다린다고.

갈림길

생사고락이
순간이었다면
남겨진 시간 또한
찰나인 것을
다시 미련 모아 무엇을 꿈꾸리오.

떠오르는 붉은 태양
지는 석양 변함없지만
잠깐 스치는 바람결에
영육이 뒤바뀌어 버린
초라한 모습으로

그래도 붙잡고 싶은
남겨진 시간
유무의 갈림길에 영혼이 섧구나.

새벽별

아쉬움에 몇 잎 매달렸던 단풍잎
새벽 바람에 흩날린다.

살아온 동안의 흔적을 지우듯
그렇게 겨울을 맞는 나무는
앙상함을 들어내고

이제 한 방울의 눈물마저 말라버린
둔탁한 심장에
초겨울의 찬바람을 쑤셔 넣으며
멍청히 바라보는
밤하늘에 빛나는 새벽별 하나

해 뜨면 사라지겠지
아무 일도 없었던 듯.

사랑의 성터

사랑의 성터 아직
그곳에 있겠지.

삼학도 등대 불빛 밝게 빛나고
유달산 일등바위
깊숙한 동굴
수은등 불빛 빌려
우리 사랑 싹틔운 곳
사랑의 성터

숱한 세월 거슬러
변함없이 기다리고 있겠지
너와 나 찾지 않는 그곳에
희미한 가로등 고독에 떨며
아직 기다릴
사랑의 성터

누가 또 사랑의 밀어
시작하고 있을까
우리 사랑의 성터.

별

지상의 불빛 휘황찬란해
수천수만의 세상을 밝히운 체
명멸하며 깊어가는 밤
가식과 혼돈으로 범벅된
지상의 축제

아랑곳없이 혼자 빛나는
여린 별 하나
가슴속 차고 넘치는 것은
왜일까

알 수 없는 산란함 속에서도
너를 보아 편안함은
왜일까
어째서일까

아직도 철이 없는
서툰 몸짓으로

헤매고 있는 것은
유년의 어떤 날
성장을 멈추어 버린 장애자로
남아있기 때문이다.

Photo by 장호수

3부_ 홀로 견디기

보내주세요
길연 이었나
악연 이었나
칡뿌리처럼 얽혀든
인연의 갈래
스치는 바람
바람 같은 인연
다 잊으시고 보내주세요
떠나는 마음 편안하게
보내주세요.

'홀로 견디기 10' 중에서

홀로 견뎌야 합니다

적막한 겨울밤
창문을 흔들며 휘몰아치는
칼바람의 고독을
홀로 견뎌야 합니다.

숱한 연륜으로 맺은
인연들 하나 둘
단절이라는 허망 속에
사라져가는 쓸쓸함도
홀로 견뎌야 합니다.

세월이 지나 그리운 이름조차
잊혀져가는 순간순간마다
뼈저리게 와 닿는 허무
고개를 끄덕이며 돌아설
그날의 아픔도
홀로 견뎌야 합니다.

모두를 초월할 수 없음이

인생이었기 때문이라고
자위하며 석양빛 쫓아
부지런히 산 고개를 넘어가는
나그네의 외로움까지도
홀로 견뎌야 합니다.

홀로 견디기 1

어깨가 빠지는 듯한
통증이 와
담 파스 한 장을 붙이려고
이 쪽 저 쪽 맞추어도
등 쪽에 미치지 않는다
엉뚱한 곳에 붙어버리고
다시 떼어 또 붙여 보고
아! 혼자서는 아무것도
할 수 없구나.
뗄 때가 더 문제다
효자손으로 밀고 당기고
혼자라는 게 참 쓸쓸한 밤.

홀로 견디기 2

아내가 외국으로 여행
혼자만 남은 집안
적막강산이다.

식사해요
담배 좀 그만 펴요
옥상 나무들 다 말라 죽겠네
잔소리라 느꼈었는데

그 잔소리도 듣고 싶다
혼자 남은
겨울밤.

홀로 견디기 3

이제 알았습니다
혼자라는 생각이
얼마나 힘든가를
인연의 정
차고 넘치는데
적막한 밤
함께여서 더 슬픈
혼자라는 고독
이제 알았습니다.
당신이 혼자서
얼마나 몸부림치는
고독이라는 병을
앓고 있었는지를.

홀로 견디기 4

온몸을 동서남북으로
끌고 가는
육체와 정신의 불협화음
안절부절 방황하는
자리의 불편함이여
잠들어 영원으로
잠들어 차라리
끝냈으면.

홀로 견디기 5

까치가 운다
그리운 님 오시려나
거울을 보고
머리를 만지고
몸도 마음도 추슬러
일어서려는데
"부질없음"이라는
결론으로 주저앉는다
까치는 우는데…

홀로 견디기 6

멀고 먼 날의 그리움
옛이야기
화려한 날들은
겨울밤 바람만큼이나
황량한데
어쩌자 아직 봄 꿈속에서
헤어나지 못한 채
설레임으로
불면의 겨울밤을 보내고 있다.

홀로 견디기 7

무無속에서
인연의 고리를 이어
유를 창조했음에
대견스럽고
자랑스럽고
영원으로 내닫는
포만감으로 가득한 날들에
하나하나 스러져가는
유의 결실들에
느낄 수 없었던 것들에 대하여
허무하게 스러지며
결국
무無라.

홀로 견디기 8

_흘레 흘레

흘레 흘레 여기 붙어라
듬실 한 놈 실로 묶어 막대기에 매달고
흘레 흘레 여기 붙어라
휘이 휘 내 돌리면
어느새 달라붙는
말잠자리
흘레 흘레 여기 붙었다.
가고 없는
유년의 고향 산
그립다.

홀로 견디기 9

잊지 마세요
어느 별에서 잠깐 내려와
세상을 즐기며
노닐던 흔적
다시 밤 별 되어
반짝이는 꿈
꿈이었나
별빛 되어 흐르는
그 흔적을
잊지 마세요.

홀로 견디기 10

보내주세요
길연 이었나
악연 이었나
칡뿌리처럼 얽혀든
인연의 갈래
스치는 바람
바람 같은 인연
다 잊으시고 보내주세요
떠나는 마음 편안하게
보내주세요
강변 갈대들도 혼자 우는데
모른 척 바람 따라 흔들리며도
우우 우우우
혼자 우는데…

홀로 견디기 11

그날로 가자
온 누리 산과 들에
봄꽃 펴 나거든
우리 그날로 가자
유달산 큰 절 뒤 바위 언덕에
골담초* 한 아름 꺾어놓고
소꿉장난 신랑 각시
참 좋은 꿈속에 젖어
너랑 나랑 즐거웠던
그날로 가자.

*골담초-[식물] 콩과(科)에 속한 낙엽 관목

홀로 견디기 12

님아!
꽃맞이 가자
겨울바람 살을 에이고
강 얼음 갈라지는
고적한 밤이어도
마음은 봄동산 꽃을 피우고
님아 가자
어서 가자
꽃맞이 가자.

홀로 견디기 13

_쓰러지는 집에…

항암 5회차 첫 주
온 몸 곳곳이 반란을 일으킨다.

왼쪽 가슴은 등 쪽으로 통증을 몰고
시도 때도 없이 잡아 흔들고

사지는 축 늘어져
누구와의 대화도
오는 전화도 받기 싫다

깜짝 아침에 일어나니
왼쪽 엄지발톱이 빠져 덜렁거린다.

온 몸이 지 멋대로다
언제 어느 곳에서 나를 무너뜨릴지
알 수 없는 불안 속에
하루하루가 감옥살이다.

생명연장의 의미가 있는가

내 나이 몇인데
몇 년의 여생을 얻고자
받는 고통을 견디기 힘들다.

쓰러지는 집에 기둥을
받치듯 이곳저곳
땜질 하느라 전쟁 같은 시간을 보내고 있다.

홀로 견디기 14

보도블록 사이
겨우 몸을 비집고 터 잡아
노란 꽃으로
열매 맺는
진통으로도
바람의 날개를 빌려
날려 보는 그리움
노란 민들레
언제 부터였니?
그리움 모아 띄어
가뭄에 말라가는 몸을
뒤트는 고통으로도
흔적을 남기려하니
혼자여서 더 슬픈
고독이라는 병.

홀로 견디기 15

오랜만에
기타를 퉁겨본다
쿵자라 짜짜
목포의 눈물도
비 내리는 호남선도
기타 속에 살아 있는 그날
기타의 음률 속에 함께하는
사람들
생각나는 밤
짜지 짜지 짜짜
울며 헤진 부산항
가냘픈 음률 속에
보고 싶다 그 사람들
가고 싶다
그날로.

홀로 견디기 16

수면제를 먹었는데
잠이 오지 않는다
더 또렷해진 눈망울
가버린 것에 대한 그리움
가슴 살라 재가 되어
흔적도 없는데
무엇을 찾으려는가
누구를 찾는 것인가
수면제를 먹어도
더 또렷해진
눈망울.

홀로 견디기 17

좁은 가슴에 참 많이도 쌓아 두었다.
세월의 무게만큼 짓눌리어
어눌하게 걷는
초라한 모습
이래서야 어찌
세상 떠나는 길
맘 편하게 나설 수 있겠는가
이제는 버려야 하지
보물처럼 연륜 따라
차곡차곡 쌓아 두어
몸도 마음도 버거운데
이제는 버려야겠지
가슴속 깊히 깊히 응어리진
한 덩이들
비워야지 비워 내야지
나 떠나는 날
가벼운 마음으로
떠날 수 있게.

홀로 견디기 18

헤아릴 수 없는 숱한 시간들
겨울바람에 흩어져감을
바라보는 눈빛이 서럽다.

모든 인연에 감사와
챙겨 주지 못한 후회
아무것도 해줄 수 없는
무능의 절정이
가슴 터질듯이 밀려드는
이 고통의 산을 알면서도
쌓았을까

봄꽃을 피우려는 바람의 축제로
들썩이는 겨울의 끝자락
아직 길을 묻는 서툰 인생
꽃바람 시샘이 서럽다.

홀로 견디기 19

초승달 외롭다
보름달이
반달로
여위어가는 아픔
한 자락 한 자락 비어가는
깊은 맘 상처가
다시 아물 수 있는 날이 올까
허허허 너털웃음 웃을 수 있는 날
초승달이
보름달이 되는 그날
마지막인 양
저 산 고개를 차마 넘지 못하고 산봉우리에
걸려버린 초승달
처량하다.

홀로 견디기 20
_내려라 비야!

쏟아진다
쏟아진다
억수같이 쏟아진다

부족하여 뇌성과
번개 우렁차게
쏟아진다.

하늘이 구멍 난 것처럼
퍼붓는다.

정신마저 투명치 못하고
온몸이 열기에 들떠
고통에 몸부림치는

나처럼
짓이기며
퍼붓는다.

홀로 견디기 21

_우울증

허무하다 지난 세월
겨울 같은 황량함으로
내일을 맞아야 하는
허무한 가슴에
눈처럼 쌓이는 고독이라는 병
무엇인가
무엇으로 남을 것인가
윤회도 환생도
부질없는
꿈 아니던가
유성처럼 반짝 빛나겠지
그리고 사라지겠지.
세월 속으로.

홀로 견디기 22
 _수면제

오늘도 수면제 한 알로
잠을 청한다.

옛 세월을
아직 품고 있는
기억을 멈추어 버려야 한다

그리워
사무치게 돌아가고픈
과거로 망각시키려는
나의 의지
수면제 한 알로
잠을 청한다.

오늘도
환상의 유영으로
방황을 하다
다시는 기억해 낼 수 없는
그렇게 잊어버리고 싶다
수면제 한 알.

홀로 견디기 23

_어머님 기일

여인의 까만 눈썹인가
언저리의 흐림에 눈물 반짝
정월 초나흘 달
밤하늘은 너무 어둡고 춥다

따스한 정 그리는
막내의 마음 모르는 척

인자하신 미소인가 아닌가
쓰린 마음 훑어 모아
눈물로 쏟아 내는 밤

이 넓은 세상
많은 혈육 중에
막네만 알고 있는 슬픈 밤
어머님 기일.

홀로 견디기 24

아침인지 저녁인지
분별도 할 수 없는
혼돈의 시간 속
잠시 눈을 감아본다

아침이면 깨어나고
저녁이면 잠을 자야 할 텐데
도무지 알 수 없는 불안 속에서

해바라기 되어
맴도는 상념은
그래도 꽃이 아름다움을 알고
추억으로 돌아가고픈
간절한 소망 하나
소중히 간직도 하노니

말하라
해 뜨는 아침인지
해지는 저녁인지.

홀로 견디기 25

_나…

친구야
나 암 걸려 버렸어야

유년의 추억 속에
너는 영원한 친구

가끔의 통화 속에
코 흘리게 모습
뛰노는 즐거운 시절
함께 보며
참 즐거웠었는데

친구야 나 암 걸려 버렸어야
그래도 5년은 산단다.

해도 해도
산더미 같은 너와의 추억
마저 이야기해야지.

홀로 견디기 26
_가자 가자

가자가자 그날로 가자
유달산 3등 바위 비탈길 따라
외딴집 소녀의 그 꿈 찾아서
아직도 소곤소곤 유년의 추억

바람 같은 세월이라 행여 없거든
낯익은 들꽃들에 안부 전하고
쑥물 들어 아려오는 상처 저미며
흐르는 구름 따라 맴을 돌아서

그래도
가자가자
그날로 가자!

홀로 견디기 27

_비문중

눈에서 날파리가 날아다닌다
오른쪽 눈 망막에서
나타났다
사라졌다
먼 먼 날의 추억처럼
보였다
안 보였다
언제부터 내 눈 속에서
살고 있었을까
생각하기 싫은 기억이
어느 날 갑자기 떠오르듯
나타났다
사라졌다
눈속의 날파리 한 마리.

홀로 견디기 28
_눈 감으면

모두 다
멈추어 버린
그날
아직 살아 웃고 있는
사람들
눈감으면
그날 속에 함께 하건만
눈뜨면
모르는 세월
울컥 치미는 설움에
눈 감으면.

홀로 견디기 29

_이제 그만 가야겠네

가을바람이 일었는가
멍든 단풍잎 쌓인 거리에
비 내려 서글프다.

마치 지나온
삶의 흔적이 아니겠는가
잠깐 꿈인 듯도 하고
아직 주변을 맴도는
옛사람들
현실인 듯도 한데

도무지 실상도 허상도 아닌
몽롱한 마음으로
이젠 손을 들어
작별의 인사를 해야겠네

가을비에 젖은 낙엽 바람에
날리며도 봄이 오면

다시 오겠노라

나만 없는 세월에 봄꽃 다시 피어
자신만의 길들을 걸어가겠지
잘 있거라
세월이여.
이제 그만 가야겠네.

홀로 견디기 30
_비야 내려라

몸과 마음
활활 불타고 있다.

숱한 세월 살아온 응어리진 파편들이
불소시기 되어 훨훨 잘도 탄다

부모님께서 주신 곱디고운 몸뚱이
세월 속에 사라지고 구석구석
이젠 마른 장작 되어 온 몸을 불사르고 있다.
비야 쏟아져라
줄기차게 쏟아지어
몸과 마음 넘치어 태우는 열기에 참 힘든 시간
잠 재워다오

비야 내려라
줄기차게 내려라

나만 눈 감으면

아무도 없는 세상
영혼의 조각배 위에
태워다오!

Photo by 장호수

■ 이여진의 시 세계

삶의 비애悲哀와 정한情恨의 세계

— 신규호(시인, 문학박사)

삶의 비애悲哀와 정한情恨의 세계

_ 이여진의 시 세계

_ 신규호(시인, 문학박사)

　　이여진 시인의 제4시집 『너도 꽃이었구나』의 원고를 통독하고 그 소감을 한마디로 요약해서 말한다면, '삶의 비애와 유한함에서 비롯되는 짙은 정한을 노래한 순수 서정의 세계'라고 할 수 있다. 그의 제3시집 『저 눈물江 건너』의 경우와 마찬가지로, 이 시집에 실린 이여진 시인의 시가 상기해 주는 정서 역시 눈물 어린 '한'의 세계라 하겠다. 슬픔으로 대변되는 '비애와 정한의 정서'는 이별과 고난으로 점철되는 유한한 삶을 살아가는 인간 누구나 겪는 근원적 정서이지만, 이여진 시인의 경우 작품 편편마다 눈물 어린 한스러움이 직설적으로 두드러지게 표출되고 있다는 특징이 있다.

　　한국인의 대표적인 정서에 관하여 이제까지 논의해 온 학자들의 견해도 그것이 바로 '한恨의 정서'라 하는 데에 대부분 의견을 같이하고 있다. 국문학 분야에 있어서 고전문학이나 개화 이후의 근대문학을 막론하고 보편적, 대표적이라 일컬을 수 있는 한국문학의 정서가 '정한情恨, 곧 '한恨'이라고 말하는 바, 특히 민요나 고시조 등, 과거의 고전적 시가는 물론이고, 근대의 시인들, 예를 들면 김소월이나 서정주, 박목월, 박재삼 시인을 비롯한 대표적인 시인들의 경우에도 그 점이 확인되고 있음을 공통적으로 인정하고 있는 바이다.

미학적으로 불 때, '비애悲哀'는 '비장悲壯'과 구별되는 정서이다. 비애나 비장이나 다 같이 슬픔의 감정과 더불어 일어나는 정서란 공통점이 있지만, 비애는 비장과는 달리 삶에서 비롯되는 역경이나 모순된 상황에 소극적, 수동적, 정태적으로 반응하는 특성을 지닌다. 이처럼 비애는 대부분의 한국 서정시에 흔히 나타나는 정서인 반면, 비장은 영웅극에서 보는 바와 같이 강한 인격이 운명이나 환경과 적극적으로 대결한 후 고뇌 끝에 몰락함에서 비롯되는 비극적 정서이다. 이여진 시인의 경우, 시의 내용이 대부분 비애의 특징인 '정한'으로 대변된다는 점에서 김소월이나 박재삼 시인의 경우처럼 시적 정서가 나이브하고 연약하며 소극적 특징을 지닌다고 본다. 참고로 이여진 시인이 이번 시집에서 다루고 있는 비애와 관련된 대표적인 시어를 열거해 보면, '슬픔', '서러움', '한', '허무', '허망', '고뇌', '아픔', '죽음', '명', '응어리', '핏빛', '울분', '망상', '애환' 등을 지적할 수 있는바, 그 사례를 일일이 모두 열거할 수 없을 정도이다.

따라서, 필자는 이여진 시인의 제3시집『저 눈물江 건너』와 마찬가지로, 이번 시집의 작품들이 지니고 있는 정서의 특징을 '눈물과 한탄'으로 표상되는 '비애의 세계'라 본다. 하지만, 그 한의 정서를 직정적으로 표출하지 않고 에둘러 보편적으로 형상화 한 작품들도 다수 있는바, 비애를 직정적으로 나이브하게 진술하고 있는 작품보다, 먼저 그 정서를 에둘러 표현한 몇몇 작품을 예로 들어 살펴보고자 한다.

여러 해 쌓인 먼지를 털어내듯
책꽂이에서
분신들을 내려놓는다.

좁은 집에
새살림 거추장스러움에
삶의 흔적들이
쫓김을 받으며
구석방 방바닥에 쌓이고 있다.

넓은 응접실
전원주택 마당
벤치에서 손때 묵은 책들을
다시 펴 볼 날 있을까

삶이 꿈이었던 만큼
꿈으로 끝나고
가난한 흔적들
구석방에 묻어 둔 채 그리
떠나야 할 세상

불편하겠지만 내 죽으면
무덤 속에 손때 묻은 삶의
흔적들 몇
넣어 주시게.

_「책장을 정리하며」 전문

    문인이나 학자들의 삶은 대체로 서적과 씨름의 연속이다. 그에 따라 자연히 세월의 흐름과 함께 쌓여만 가는 낡은 서적들은 책장을 정리할 때마다 큰 짐이 된다. 먼지 쌓인 채, 좁은 집 구석 방바닥에 쌓이는 '쫓김을 받은' 서적들을 바라보면, 그 모습에서 세월과 함께 늙어가는 삶의 마지막 모습을 연상하게 된다. 그래도 한평생을 벗하여 온 그것들을 언제인가 죽음이 다가올 때가 되면 '무덤 속에

몇 권이나마 넣어 달라'고 마지막으로 당부한다는, 한 몸이 된 책과의 일체감을 표현하는 작품이다. 시인은 그 모습을 일컬어 '삶이 꿈이었던 만큼 / 꿈으로 끝나고 / 가난한 흔적들 / 구석방에 묻어 둔 채 그리 / 떠나야 할 세상'이니 '불편하겠지만 내 죽으면 / 무덤 속에 손때 묻은 삶의 / 흔적들'로 삼아 묻어 달라고 당부한다. 문인으로 일상 속에서 겪는 서책에 관련된 체험을 소재로 삼아, 그 느낌을 담담하게 인생의 종말의식으로 변형하여 표현하고 있다. 낡은 서책의 모습에서 그와 유사한 모습으로 세월과 함께 늙어 가다가 종말을 맞이할 수밖에 없는, 죽음의식을 상기시켜 주는 작품이다.

겨울 바다에 가 보아야겠다
황량한 바람 끝
파도의 주름으로 부딪치는
한 서림을 들어야겠다

길 잃은 밤 물새
울지도 못하고 해송 숲 둥지 숨어
팔딱거리는 숨결 모아
떨고 있는 이유가 무엇인지

눈 내리는 겨울 바다
빈 소라껍질 되어
파도의 조롱을 이겨내는
인내도 배워야겠기에

겨울 바다에 가 보아야겠다
쌓인 연륜에 가슴 속 깊이깊이
묻어 둔 한 덩이 뱉지 못한 채

중환자 되어
걸어가는 슬픈 노정이
천 년을 부서지는 파도의
아픔보다 더 하는지…

_『겨울 바다에』 전문

시인은 마음속에 겨울 바다를 떠올리며 그 정경을 상상하면서, 천 년을 두고 끊임없이 부서지는 파도의 모습에 '중환자 되어 / 걸어가는 슬픈 노정'의 아픔을 오버랩하여 파도보다 더한 인생의 한스러움을 아프게 진술하고 있다. 미루어 보건대, 시인은 깊은 병고에 시달리는 고통을 겪고 있음을 짐작할 수 있다. 노년에 접어든 이여진 시인의 질환이 깊은 상태에서 펴내는 이 작품집은, 그러므로 읽는 이로 하여금 아픔을 절실히 느끼게 한다. 그의 제4시집 속에 절절하게 진술되고 있는 '한'과 '슬픔'과 '눈물'이 부분적으로 무엇 때문인지 알 수 있기 때문이다. 하지만 시인은 한의 정서를 새기고 새겨, 끓어 넘치는 슬픔을 제어해 가면서 겨울 바다의 정경을 빌어 표현하고 있다. '황량한 바람', '파도의 주름', '길 잃은 밤 물새', '팔딱거리는 숨결', '빈 소라껍질' 등과 같은 구체적인 소재를 들어 바다의 모습을 담담한 이미지에 담아 시상을 전개하는 시인의 절제된 시정이 가슴에 와 닿는 작품이다.

풍성한 결실 뒤에 숨은
공허의 숨결을 보지 못하는
눈 먼 그리움이다
가을은 맞이하고 보내는
인간을 조롱하고
비웃으며
그리움의 병을
허무의 나락으로 추락시키며

모르는 듯
결실의 풍요를 누린다

풍성한 결실 뒤에 숨은
공허의 숨결을 보지 못하는
눈 먼 그리움
가을은.

_ 『가을은』 전문

　가을에 예감하는 것은 풍요의 열매 속에서도 미구에 다가올 생의 종말의식, 곧 허무와 공허감이라고 진술하는 일종의 잠언적인 작품이다. 일반적으로 봄철이 여성들의 계절이라 하는 반면, 가을은 남성들의 계절이라 한다. 봄이 되면 남성들보다 여성들의 감정이 더욱 고조되는 반면, 남성들은 가을에 더욱 더 외로움을 느낀다는 일면의 진실이 있지만, 이러한 보편적인 생각을 벗어나서 시인은 가을의 '풍성한 결실 뒤에 숨은 / 공허의 숨결'을 예감하지 못하는 '눈먼 그리움'의 계절이 가을이 주는 정서라고 노래한다. 같은 이치로 푸르른 잎이 우거져 풍성함을 지닌 숲의 모습에서도 풍요를 느낄 수 있지만, 그 다음에 올 가을의 나목들을 생각하지 못하는 어리석음 속에 살아가는 것이 인간의 상정임을 동시에 상기시킨다.

　그러기에 가을이란 계절은 '맞이하고 보내는 / 인간을 조롱하고 / 비웃으며 / 그리움의 병'을 '허무의 나락으로 추락시킨다'고 할 수 있다. 다시 말해서, 조락의 계절인 가을은 풍요 속에 내장되어 있는 본질적인 허무를 동시에 깨닫게 한다는 것이다. 마찬가지로, 그 표현 속에는 청춘 시절에 누리는 젊음의 삶 가운데에서도 미구에 다가올 인생 말년인 노후의 시절을 예감하지 못하면서 살아가는 어리석음을 '눈먼 그리움'이라 규정하고 있다. 인생의 역정 가운데 젊음 속에 숨어 있는 허무한 종말의 진실을 예감하지 못하는 몽매함을 시인은 한탄한다. 그리하여 '가을은 눈먼 그리움'인 것이다.

나비도 지나치는 꽃잎에
선뜻 다가서지 못하고
스치는 바람이 되어
잠시 머물다
네 향을 음미하는
꿈길에서조차
꽃이기를 거부했던 몸짓

네게도
아름다운 꽃으로 피워내는
옹아림의 산고가 있었고
암술과 수술의
감미로운 사랑을
갈망하던
고뇌의 날이 있었구나

아! 몰랐다
작은 꽃으로 피어
사랑의 몸살을 앓다
그렇게 지고 마는
너도 꽃이었구나.

_「너도 꽃이었구나」 전문

예로부터 꽃과 나비는 문인이나 화가에게 작품 창작의 대표적인 소재가 되어 왔다. 하지만, 현대인에게 그것은 고전적이고 낭만적인 인상을 지니고 있어서, 복잡한 도시생활과 거리가 먼 까닭에 어찌 보면 낡고 평범한 소재라는 느낌을 주는 것이 사실이다. 그렇다고 해서 그것이 현대적 예술 작품의 소재로 쓰이지 않는 것도 아니다. 꽃과 나비가 지니고 있는 뛰어난 미학적 특징이 아름다움을 표현하는 예술가들에게는 창작의 영원한 대상이 될 수밖에 없기 때문이다.

하지만, 이 작품에서 시인은 꽃이 떠올려 주는 단순한 아름다움만을 찬탄하는 것이 아니다. 꽃이 피어나기까지 치를 수밖에 없는 산고의 고통을 '사랑의 몸살'이라 노래하고 있다는 데에 주목하여야 한다. 여기서 꽃과 나비의 관계는 남성과 여성으로 표상되고, 한 쌍의 연인이 이루지 못한 사랑을 추측하게 하기도 하지만, 다른 한편 인생의 아름다운 순간을 누리지 못한 채, 바람처럼 스치고 지나쳐 버린 생의 '절정의 순간'을 못내 아쉬워하는 심정을 표현하고 있다고 볼 수도 있다. 그 아쉬움이 연인관계를 넘어 부모와 자식 간이나 형제간 등, 인간관계에서 벌어지는 잃어버린 보편적 사랑 때문에 생기는 일일 수도 있으며, 아울러 꽃으로 상징되는 찬란한 삶의 순간이 손쉽게 이루어지는 것이 아니고, 지극한 산고의 고통 끝에 이루어진다는 의미의 잠언으로 받아들여지기도 한다는 데에 이 작품의 묘미가 있다.

해송 숲을 지나는 밤바람
소리를 들었는가
짙은 해무를 뚫고
서둘러 스치는 밤바람

아직 둥지를 찾지 못해
끼~룩 울고 가는 밤 물새
울음까지 더하면

어느새 벌떡 일어서
밤바다를 본다

끝도 없이 주름져
해변으로 밀려드는 저 아우성
어찌 편한 마음으로
잠들 수 있겠는가
긴 인생의 방랑 속에서
깊은 통곡이라도 해 버리고 나면
이 처절한 마음
연륜과 함께 쌓인 한 속에서
작은 위안이라도 되지 않을까

가슴 무너져 내리는
해변의 밤바람
자칫 허무의 자충수로
스스로를 파멸에 이르고 말겠지.

_『해변의 밤바람 소리』 전문

　　해송 숲을 스치고 지나가는 해변의 밤바람 소리가 귀에 들리는
듯한 느낌을 주는 이 시는, '밤 물새의 울음'과 '파도치는 아우성 소
리'에 한스러운 인생의 비애를 느끼는 심정을 읊은 작품이다. 이 시
의 소재로 쓰인 낱말들인 밤바람 소리와 밤 물새의 울음, 파도의 아
우성이 시인에게 신산한 고난으로 점철되는 삶의 허무함으로 인해
잠들 수 없게 한다. 그러기에, 이 시의 서정적 자아는 아직 잠잘 둥
지를 찾지 못한 채 울고 가는 밤 물새의 울음이 스스로 울음으로 치
환되는 것을 느끼며, '긴 인생의 방랑 속에서 / 깊은 통곡이라도 해
버리고 / 나면 이 처절한 마음'에 작은 위안이라도 되지 않을까, 하
고 카타르시스의 효험을 기대하게 한다.

여기서 밤 물새의 울음과 끝없는 파도의 아우성 소리가 슬프게 느껴지는 까닭이 무엇이며, 구체적으로 그것이 시인에게 의미하는 것은 무엇일까 궁금하지 않을 수 없다. 그 까닭을 작품 중에서 찾는다면, 밤 물새의 울음은 다름 아닌 '아직 둥지를 찾지 못했기 때문'이며, 그러기에 '긴 인생의 방랑으로 인한 깊은 통곡' 때문에 유정하게 들린다고 볼 수 있다. 시인은 이 작품을 빌어 독자로 하여금 '긴 인생의 방랑' 속에서 가슴 깊이 한스러움을 지닌 채 살아갈 수밖에 없는 삶의 비극성을 깨닫게 해 준다고 할 수 있다.

> 푸른 수평선 어디쯤
> 그리움 시작됐는가
> 파도의 주름 모아
> 쉬임 없이 부서지며 나를 부르고
>
> 연륜 깊은 소사나무
> 너마저 지친 그리움에
> 휘어 자란 아픔으로
> 일그러진 표피
> 참 마음의 응어리짐을
> 대신해 주는구나
>
> 돌아서는 발걸음에
> 무심한 파도의 외침
> 가지 마, 가지 마
> 그리움 재워두고 가
> 십리포.

_『십리포에서』전문

'십리포'는 영흥도에 있는 포구로, 해수욕장으로 유명한 곳이다.

시인은 십리포 해변에서 바다를 바라보며 가슴 가득 차오르는 회한에 찬 '그리움'의 정서를 느낀다. 바다의 먼 수평선은 무어라 일컬을 수 없는 향수와 함께 그리운 추억을 불러일으켜 준다. 수평선 너머 미지의 세계를 망연히 바라보며, 주마등처럼 떠오르는 지난날을 회고하게 됨으로써, 온갖 과거사에 얽힌 정회를 떠올리지 않을 수 없게 된다. 그것이 가족 간의 인연에 얽힌 것이기에 더욱 가슴 아프기도 하다. 그러기에 해변에 서 있는 늙은 소사나무마저 '지친 그리움'에 휘어 자란 듯이 보이고, 그 일그러진 나무의 표피도 아픔으로 응어리진 마음을 대변해 주는 듯하다. 휘어진 채 키도 크지 못한 소사나무의 모습에 시인의 감정을 이입하여 동화함으로써, 더욱 애틋한 동질감을 공감하게 한다.

소사나무는 중부의 이남 해안과 섬 지방이 원래의 자람 터이다. 다 자라도 키가 얼마 안 되고, 나무 밑둥의 지름이 한 뼘 정도가 고작인 작은 나무다. 그것도 똑바로 선 나무가 아니라 모진 해풍에 비뚤어지고 여러 갈라진 모양새로, 인간관계에 지쳐 삶에 찌든 인생의 모습과 유사해 보이는 나무다. 하지만, 소사나무는 메마름과 소금기에 강하며 줄기가 잘려도 새싹이 움트는 등, 척박한 조건에도 잘 적응하는 나무다. 그래서 소사나무는 최소한의 영양분으로 겨우 삶을 이어가는 분재盆栽로 흔히 키운다. 이처럼 끈질긴 소사나무의 생명력 대신에 뒤틀리고 모지라진 모습에만 시인이 관심을 갖게 된 까닭은 무엇인가. 그 까닭은 과거사에 얽힌 시인의 추억이 '불협화음이 되어 마음을 짓누르기 때문'이며, 아울러 지상에서 허무하게 사라진 인연으로 인하여 상처받은 마음 때문이기도 하다. 다시 말해서, 소사나무의 끈질긴 생명력을 표현하기보다, 상처받아 뒤틀린 모습을 강조하여 표현한다는 점에서, 대상에 대한 시인의 정서가 소극적이고 수동적인 비애의 정서를 주조로 삼기 때문이라고 판단된다.

바다에 들물이 시작되면
모두가 부산해지기 시작한다
바람이 먼저 알고 파도를 일으키며
개선장군마냥 밀려오고
성급한 해조들의 날갯짓은
더욱 바쁘게 파닥거리며
바닷고기들의 작은 심장을 놀라게 한다

만선의 기쁨에 깃폭을 높이 달고 어항으로의 귀향
들뜬 어부의 눈에 선착장의 아내의 모습이
점점 선명하게 들어날 때부터는
어부의 팔뚝에 힘이 솟고 검붉은 팔뚝으로
닻 내릴 준비를 한다
들물이 시작되는 작은 포구는
그렇게 설레임과 생동감으로 모두가 부산하다

내 삶이 그랬을까
늦둥이 막내로 태어난 나의 주변엔
많은 형제들의 소란스러움과
앙증맞은 모습 인형 같은 재롱에
즐거운 함상 함성으로 소란했다

　　　(중략)

그들은 다 어디로 갔는가
바닷물이 다 빠져나간
갯벌 위의 황혼 핏빛으로 불타고 있다

탄생과 함께 했던 사람들

질곡의 삶속에 함께 했던 그들은
다 어디로 갔다는 말인가

조용하다
물이 빠져나간 갯벌 위로
살벌한 겨울바람이
간장을 태우는 불협화음이 되어
내 마음을 짓누를 때 쯤
어촌의 불빛들이 하나 둘 꺼져간다

_『밀물처럼』일부

첫 연에서 시인은 밀물이 몰려 들어오는 바다의 풍경을 차분하게
묘사한다. '바람이 먼저 알고 파도를 일으키는 모습'을 마치 '개선 장
군'이라 은유하면서, 밀물에 밀려 흔들리는 해조와 바닷고기들이 파
도에 놀라 헤매는 바다의 상태를 객관적으로 그린다. 제2연에서는
만선의 기쁨을 안고 귀항하는 어부들과 그들을 맞이하는 선착장 아
내들의 들뜬 모습을 표현하고 나서, 앞의 1연과 2연을 이어받아, 제
3연에서는 그것이 '부산한 어항의 설렘과 생동감'이라고 정의한다.
곧, 1, 2, 3연은 함께 이 시의 전반부가 되어, 이를 한마디로 정리하
면 '작은 어항의 부산함과 생동감'의 표현이라 요약할 수 있겠다.

그러나, 4연부터 시작되는 후반부에서 시인은 앞부분의 풍경 묘
사와 달리, 어부들 생활의 생동감 넘치는 풍경에서 눈을 돌려 그 광
경을 자신의 삶과 연관 지어 표현한다. '내 삶이 그랬을까 / 늦둥이
막내로 태어난 나의 주변'에 '많은 형제의 소란스러움'으로 가득했
던 지난날을 상기하면서, 막내의 재롱에 '즐거운 함성'으로 행복했
던 옛날을 추억한다. 이때 양자를 연결해 주는 공통분모는 '부산함,
설렘, 생동감'이다. 하지만, 지나간 어린 시절을 회고해 보면 그처
럼 행복했던 일로 떠들썩하기도 하였지만, '8·15 해방, 6·25 전란'
과 함께 형제들간의 이념투쟁으로 겪었던 고통스런 추억이 주마등

처럼 아프게 느끼기도 하여, '들물처럼 썰물처럼 / 설렘과 소란함으로 뒤범벅이 되는' 심회를 술회하게 된다. 이제 모두 사라진 그들은 간 곳이 없고, '살벌한 겨울바람이 간장을 태우는 불협화음이 되어' 마음을 짓누를 뿐이다. 활기찬 어항의 부산한 모습과 여러 형제들 가운데에서 소란스럽게 겪었던 과거사를 연관 지어 대조적 수법으로 표현한 작품이다.

숱한 세월 오고가고
내 곁을 맴돌며 함께 한 바람들!
휘이~~쌩쌩!

어느 해가
온금동 산동네 초가지붕을
하늘 높이 높이 휘저어 버리던 고향 바람

가자고 고향 산 옛 산에 가 보지고
온 몸을 흔들어대는 유년의 바람!

원고지 값이 아깝다고
늘 걱정이시던 우리 엄마
서러운 막내 바람까지

온통 휘몰아치며 마음 구석구석
산란하게 흔들어 버리는
바람 바람 바람들

많은 세월 함께 해 온 바람들이
지금 내 마음 깊은 곳의 애환들까지
속속들이 휘저어

산란하게 하는 세월 같은 바람
바람 같은 세월.

_ 『바람이 분다』 전문

　평생을 살아가면서 겪을 수밖에 없는 삶의 고난과 역경을 흔히
바람에 비유해서 표현하는 것은 흔한 일이다. 인간은 누구나 살아
가는 역정 가운데 갖가지 바람을 체험하게 되지만, 바람의 경험에
도 여러 가지가 존재하게 마련이다. 행복한 미소를 짓게 하는 미풍
微風이 불던 시절이 있기도 하지만, 견디기 어려운 광풍狂風이나 태
풍의 경우가 오히려 더 흔하기에, 흔히 인생을 고해苦海라고 말한
다. 이여진 시인은 이 시집에서 순탄한 미풍의 체험을 노래하기도
하지만, 그가 살아오면서 모질게 겪은 갖가지 고통스럽고 한스러운
'바람의 체험'을 여러모로 변용하여 증언하고 있다. '바람 잘 날 없이
살아온' 느낌일까.

　따라서, 이여진 시인이 겪은 체험을 상징하는 바람은 그리 단순
하지가 않다. 여러 형제들 가운데 막내로 태어나서 어린 시절부터
부대껴 온 파란만장한 삶이 '바람의 세월'을 이 시가 증언해 주고 있
기 때문이다. '숱한 세월 오고가고 / 내 곁을 맴돌며 함께 한 바람
들'로 대변되는 시인의 생애는, 그러므로 평탄하지 않았다는 사실을
알게 한다. 그것은 어린 시절 '온몸을 흔들어대던 고향 바람'이기도
하고, '지금 내 마음 깊은 곳의 애환들까지 / 속속들이 휘저어 / 산
란하게 하는' 슬픈 오늘의 바람이기도 하다.

　앞에서 살펴본 작품들 대부분이 역경을 상징하는 '바람의 의미'를
여러 모습으로 데포르메 하여 표현하였다고 할 수 있을 것이며, 그
런 의미에서 이여진 시인에게 있어서 바람이 의미하는 '비애와 정한
의 세계'가 이 제4시집의 공통된 주제라고 정의할 수 있겠다.

　오늘 우리 시단을 풍미하고 있는 시가 대부분 독자들이 감상하기

어려운 난해성을 지니고 있어서, 이러한 현강을 가리켜서 시의 위기라 하기도 하고, 한 걸음 더 나아가 '시의 죽음'이라 한탄하기도 하지만, 이여진 시인의 경우처럼 '순수하고 솔직 담백한 서정'을 감상하기 쉽게 표현하는 시인들도 있는 것이 사실이다. 시의 위기가 난해성 때문이기도 하지만, 정보화 시대의 도래로 말미암아, 나날이 진보 발전해 가는 TV, 컴퓨터, 스마트 폰, 대중음악 등이 대중의 시청각을 지배하고 있어서, 시의 독자가 점점 사라져 가기 때문이라고 볼 수도 있다.

이여진 시인의 제4시집 『너도 꽃이었구나』의 작품들은 그런 의미에서 우리 시단에 순수 서정시가 아직은 살아 있다는 하나의 증거가 된다고 하겠다. 근래에 와서 갑자기 '인공지능'(AI)이 인간의 능력을 위협한다고 하여, 미구에 닥칠 문화와 문명의 위기를 염려하게 되었지만, 그렇다 하더라도 인간이 언어를 사용하고 인간 본성에 변치 않는 순수한 정서가 사라지지 않고 남아 있는 한, 이여진 시인의 경우처럼 감상하기 어렵지 않은 '친근한 서정시'는 사라지지 않을 것이라고 확언할 수 있다.

이여진 제4시집

너도 꽃이었구나

초판 인쇄 2017년 3월 21일
초판 발행 2017년 3월 31일

지은이   이 여 진
퍼낸이   장 호 수
북디자인   김 은 숙
인쇄 · 제본 (주)금강인쇄
퍼낸곳   도서출판 시인
           등록번호 제384-2010-000001호
           등록일자 2010년 1월 11일
           13992 경기도 안양시 만안구 안양로 320번길20(안양동)B동 2층
           Tel 031-441-5558   Fax 031-444-1828
           E-mail : siin11@hanmail.net